L'ÉMIR
JOUSSEF BEY KARAM

OU

LES DRAMES DE SYRIE

POÈME EN SIX CHANTS

PAR

R. DE BEAUREGARD

MARSEILLE
IMPRIMERIE SAINT-FERRÉOL, GRAVIÈRE FILS ET Cie
27, rue Saint-Ferréol, 27

1875

L'ÉMIR JOUSSEF BEY KARAM

OU

LES DRAMES DE SYRIE

IMPRIMERIE SAINT-FERRÉOL, GRAVIÈRE FILS & Cie, RUE SAINT-FERRÉOL, 27.

L'ÉMIR

JOUSSEF BEY KARAM

OU

LES DRAMES DE SYRIE

POÈME EN SIX CHANTS

PAR

M. R. DE BEAUREGARD

MARSEILLE
IMPRIMERIE SAINT-FERRÉOL, GRAVIÈRE FILS ET Cie
27, rue Saint-Ferréol, 27

1875

A

MONSIEUR CHARLES ZÉVORT,

Recteur de l'Académie d'Aix

COMMANDEUR DE L'ORDRE DE LA LÉGION D'HONNEUR.

MONSIEUR LE RECTEUR,

La Syrie, théâtre des merveilles de la religion et berceau de la civilisation, cette contrée que le Liban traverse du Nord au Sud jusques dans l'Arabie, d'un caractère si pittoresque, arrosée de sources abondantes, a réuni jadis, par la fertilité de son sol et la douceur de son climat, de nombreuses populations qui, sans cesse harcelées par le fanatisme, ont dû disparaître de ce beau pays dont certaines parties, ne présentent plus à l'œil du voyageur, que des plaines immenses inhabitées.

Celui qui a visité Tripoli (Trablos) et ses environs, aura pu remarquer les sites délicieux que l'on rencontre dans la vallée de *Kadischa* dont la rivière qui coule dans ses profondeurs, va se perdre dans la mer, non loin des portes de cette ville qui, avec sa ceinture d'arbres aux pommes d'or, est un jardin des Hespérides.

C'est à peu de distance de la *Kadischa*, près des cèdres, cette gloire du Liban, qu'est né le héros moderne des Maronites, *Jussef Karam*, fils du Scheik Butros d'Eden, qui dans les derniers événements dont le résultat a été l'incendie et le massacre dans plusieurs districts chrétiens de la Montagne, a fait preuve d'une conduite si courageuse, à la tête de sa petite troupe, pour arrêter l'incendie et l'assassinat de ses frères dans ces malheureuses vallées du Liban, dont les populations chrétiennes constamment fidèles à la foi de leurs frères, ont toujours été, dans cette partie de l'Orient, comme une garde avancée de la civilisation, une protestation de l'Occident contre la barbarie.

Il m'a été donné en 1853, de voir *Jussef Karam*, chez M. Perretié, Vice-Consul de France à Tripoli ; et, à cette époque, on savait à quoi s'en tenir sur ses belles qualités. Une occasion s'est présentée pour lui ; c'était celle de la patrie et de la religion menacées, et il s'est élancé à la tête de quelques braves décidé à succomber plutôt que de survivre au massacre de ses frères.

Dans l'enthousiasme que m'a inspiré ce dévouement, et comme tout ce qui est grand doit survivre dans la mémoire des hommes, mon âme s'est plu à chanter le patriotisme de *Karam* dans les quelques vers dont je vous prie,

Monsieur le recteur,

de vouloir bien agréer l'hommage comme une preuve de la haute estime et de la considération, avec lesquelles j'ai l'honneur d'être,

Monsieur le Recteur,

Votre très humble et respectueux serviteur.

Aix, le 5 Septembre 1875.

Monsieur,

L'œuvre que vous avez soumise à un vieux professeur, qui a plus vécu en Orient, qu'ailleurs, non comme voyageur, mais comme lecteur, m'a rendu des émotions qui datent des temps passablement éloignés, de mes premières études, si en vous lisant, j'ai retrouvé la vieille et poétique terre, où la bible et Homère ont laissé les impérissables traces, d'un double Génie. J'y ai vu aussi grâce à vos belles impressions personnelles, revivre sous votre plume des faits et des personnages contemporains, le cadre, la nature l'avait fourni à vos tableaux et l'histoire actuelle est venue, au souffle de vos poétiques inspirations, s'y placer dans la saisissante vérité.

Telle est l'impression que m'ont faite vos vers, vos tableaux, vos récits et cette impression m'a profondement remué, parceque le peintre a vu ce qu'il a mis en scène et l'a décrit dans la langue poétique dont l'Orient a été le berceau, grâce à Moïse et à Homère,

Recevez l'assurance de ma haute estime, et de mes meilleurs sentiments,

Louis MERY,

Professeur honoraire de la faculté des lettres d'Aix.

A M. R. de Beauregard, employé supérieur en retraite à Marseille.

Marseille, le 7 Janvier 1875.

Mon cher Monsieur,

J'ai lu avec un vif intérêt votre ouvrage intitulé : *L'Emir Joseph Bey-Karam*, où les drames de Syrie en 1862 que vous avez bien voulu soumettre à mon appréciation. Loin de vouloir en exalter le mérite, je dois dire que la versification en est attrayante et que le sujet ne pouvait rencontrer un meilleur interprète.

L'impression de cette étude de votre part fixera, je pense, l'attention publique qui sera heureuse de vous compter au nombre de ses poëtes les plus estimés.

Je profite de cette circonstance, pour vous renouveler l'expression de mes sentiments bien dévoués.

Joseph MATHIEU,

Officier d'Académie

A M. R. de Beauregard, employé supérieur en retraite à Marseille.

AU LECTEUR

De Karam le héros, je raconte l'histoire.
« La patrie avant tout, me disait-il un jour,
« Au pays notre cœur, ainsi que notre amour.
Paroles que l'on trouve au temple de la gloire
Qui transmet les grands noms à la postérité,
Où dorment le génie et la célébrité.

L'ÉMIR JOUSSEF BEY KARAM

OU

LES DRAMES DE SYRIE

CHANT POÉTIQUE

I.

Si je fouille les temps secouant la poussière
Des nombreux manuscrits dont l'Europe est si fière,
Je ne vois que douleurs et mécomptes amers
Pour le peuple Syrien qui régna sur les mers.

Tyr, Héléopolis, Palmyre et Antioche
Brillèrent autrefois d'un éclat sans pareil ;
Toujours avec respect, le voyageur s'approche
De leurs temples détruits, dorés par le soleil.

Il est d'autres débris qui gisent dans le sable
Où jadis des palais, des jardins dans les airs
Annonçaient qu'un empire, une reine implacable
Surent dompter l'Euphrate, animer les déserts.

Alexandre le grand qui rêva la conquête
De l'Inde et d'Orient, ici laissa ses pas ;
Mais le romain puissant après lui vient, s'apprête
A joindre la Syrie au nœud de ses états.

Jérusalem pourtant, Jérusalem la sainte,
Oppose son courage aux Romains oppresseurs ;
Mais son étoile hélas ! a vu croûler l'enceinte
De Sion qui depuis n'a point séché ses pleurs.

Le Sultan Saladin et Bibars le terrible
Ont montré leur épée aux malheureux Syriens
Dont la patrie hélas ! pleura son sort horrible
Sous les coups de Kaloun, égorgeur des chrétiens.

Mais le sort des Syriens sans cesse dèplorable
Appela sur leurs bords les soldats d'Occident ;
L'histoire de ces temps très souvent nous accable
Du récit de leurs maux mêlés de pleurs, de sang.

Les guerriers de la Croix et leurs flottes nombreuses
Arrachent un instant les Syriens à la mort;
Les chefs croisés vainqueurs, leurs victoires fameuses
Poussèrent le barbare aux confins de Radmor.

Ascalon, Acre, et Tyr, vos murailles épaisses
Ont croûlé par le feu, le fer, du Sarrasin
Vous étiez des chrétiens les vastes forteresses
Où veillaient les croisés bardés d'acier, d'airain.

Antioche, Sidon, belle Laodicée
Cités grandes Jadis où sont vos monuments ?
Des empires détruits, votre place effacée
Ont subi le destin des choses et des temps.

Tout passe, tout s'éteint et tout meurt dans ce monde
Il n'est rien de durable et de fixe toujours ;
Florissantes cités ont leurs débris dans l'onde
Empires, royautés, ont eu leurs plus beaux jours.

Oui, tel peuple aujourd'hui vainqueur insatiable
Le glaive dans la main, foule aux pieds tous les droits.
Mais bientôt le destin à lui défavorable,
De ses dures rigueurs lui dictera les lois.

II.

Au pied du mont Liban, dans la gorge profonde
Où coule lentement le fleuve Kadischas,
Existe un lieu charmant, le plus beau de ce monde
Où cachent leurs loisirs, les opulents Pachas.
Dans ce riant séjour, la vie est un beau rêve.
Adam qui l'habitait y fut séduit par Eve ;
Et sous l'ombrage frais, la rose et l'oranger,
Au souffle du printemps, sous les feux de septembre
Etalent leur parure aux yeux de l'étranger.
Et l'humble citronnier montre sa pomme d'ambre,
Se mêlant aux rameaux des lauriers de daphné :
Couronne des vainqueurs, César en fut orné,
Ajoute aux doux parfums de ce séjour tranquille
Où l'homme vit en paix loin du bruit de la ville.
Au bruissement du vent qui gémit dans les pins ;
Au murmure de l'eau qui gronde sous la roche,
Se joint un bruit lointain ; c'est celui de la cloche
Que l'écho des vallons traduit en sons divins.

Dans ces vallons ombreux, dans les plaines riantes
La nature joyeuse accuse ses couleurs,
Et sans cesse les pieds ne foulent que des fleurs
Dont les amants heureux parfument leurs amantes.

A gauche du vallon, au sommet du coteau
D'où l'on voit Kadischa (la rivière sainte)
Jadis les pèlerins veillaient dans le château
Qui protégeait Trablos, ses tours et son enceinte.

Parmi ces pèlerins, le valeureux Baudouin
Avec ses chevaliers, la terreur du bédouin,
Sur le sommet voisin, sur la pente fertile,
Etablit tous les siens pour dominer la ville.
Qui ne put résister aux soldats du vrai Dieu ;
Aujourd'hui l'Ottoman commande dans ce lieu.
D'accord avec le Druze *, il poursuit et massacre ;
C'est un affreux complot ourdit à Saint-Jean d'Acre ;
Mais le Dieu des chrétiens par les mains de Karam
A juré de punir les enfants du Coran.
Au loin dans les taillis, les guerriers de sa troupe
Accourent vers l'Emir ; je le vois dans le groupe
Sur sa jument monté. Il leur montre du doigt
Le chemin indiqué par l'honneur et le droit.
Dans les yeux de chacun brille la douce attente
De sauver le pays ; il rentre dans sa tente.
Mes yeux l'ont aperçu, et je presse le pas
Pour le rejoindre enfin au fleuve Kadischas,
Et jetant mes regards sur le bleu firmament
Que les pics du Liban semblent vouloir atteindre ;
Beautés de la nature où Dieu seul sait tout peindre,
Je prononçai ces mots, ému comme un enfant :
Soleil dont les rayons de ta gerbe dorée
Débordent dans nos champs pour féconder le sol,
Toi qui brilles toujours sur le pays de Saül,

Toi qui n'a point cessé d'être mère adorée,
Protége les Syriens, ces enfants de la Croix
Que d'infâmes tyrans accablent sous leurs lois.
Ils pillent les moissons et torturent les femmes
Saccagent les hameaux que dévorent les flammes
Le sang regorge encore sur ces bords malheureux
Où jadis l'habitant coulait des jours heureux
Aujourd'hui du chrétien le sort irrévocable
Est de vivre sans lois sous le joug qui l'accable,
Et les champs renommés par leur fertilité
Sont le séjour du meurtre et de l'impunité.
Nos frères du Liban cernés dans leur demeure
En butte à des forfaits, à des crimes affreux,
Ont peur de leurs tyrans qui disent à cette heure :
« Sont-ce là ces chrétiens qu'on dit si courageux?
« Le Liban est à nous, il compte dans l'empire
« Qui s'étend de la Mecque aux confins de l'Epire.
« Le glaive est notre droit; notre loi le coran;
« Mais un chrétien rebelle ayant nom de Karam
« Lève des partisans, soulève la montagne;
« A la tête des siens vient battre la campagne;
« Se pose en défenseur de ces hideux chrétiens
« Qu'Allah et le Prophète ont livrés en nos mains.
« Le Kesrouan en feu nous parle de vengeance
« Tandis que nos soldats défenseurs de Byzance
« Sont les vrais possesseurs, les anciens conquérants
« De ce pays syrien qui toujours sous nos maîtres,
« Bien avant Saladin, n'a produit que des traitres
« Pour troubler le repos du trône des Sultans.
« Des ordres sont donnés d'accord avec le Druze,
« Et nous avons juré par la force ou la ruse,

« De mener à la mort Karam et tous les siens. »
Aussitôt fut permis le meurtre des chrétiens.
Et les flots courroucés qu'agite la tourmente
Brisant avec fracas sur les sables brûlants,
Portent au loin les cris, la douleur, l'épouvante,
D'un peuple tout entier qu'égorgent ses tyrans,
De France l'étendard protégeait ces parages
Où des hommes, des temps, j'aperçois les ravages
Et le Lys de nos rois, de tous temps protecteurs
Des chrétiens d'Orient, survivent dans les cœurs.
Ces peuples nous sont chers par leur reconnaissance
Ils ont vécu toujours sous l'aile de la France.
Cette tradition d'un passé glorieux,
Il faut la respecter, au nom de nos aïeux,
Suivons leurs errements, leur bonne politique
Vis-à-vis l'étranger ayons de la tactique
Ne précipitons rien à chaque événement
Oui soyons circonspects, agissons prudemment.
Eventualités sont parfois une amorce.
Nous sommes forts, puissants, mais gardons notre force
Pour un moment donné, ne la gaspillons pas :
Il en faut toujours trop à l'heure des combats.

III.

Pourtant le gourverneur, Pacha de la Syrie
Tandis que ces méfaits se passent sous ses yeux
Lui, dont le grand pouvoir peut faire tant d'heureux,
Aurait pu mettre un frein à cette boucherie
Secourir les blessés, nombre de malheureux
Qui n'ont plus pour abri que la voûte des cieux
Mais Kurchid, sectateur dévoué du Coran
Ennemi des chrétiens, s'abreuve de leur sang,
Soldats, Druzes et Turcs, sont tous des janissaires
Aux ordres de Kurchid dont ils sont les sicaires ;
Ils vont dans les districts, leur menace est la mort
Et les pauvres chrétiens, devront subir leur sort.
Trahis, abandonnés, le soldat Turc aux Druzes,
Les livre sans merci, soit par force ou par ruse ;
C'est ainsi que milliers de chrétiens désarmés
Sont pris, assassinés par les Druzes armés
Der-Kamar, Beit-Mery garderont la mémoire
De ce sang que Kurchid a versé pour sa gloire,
Des cimes du Mehmel aux rives de la mer
Le Liban pleurera lontemps son sort amer.

Il est d'autres malheurs dont parlera l'histoire
Je les annote ici seulement pour mémoire.

Dans la grande cité qu'on appelle Damas,
Les chrétiens ont subi des tortures atroces
Surpris ou poursuivis leurs ennemis féroces
Les ont assassinés sans défi, sans combats.

On a vu les fureurs d'un peuple fanatique
Transportant avec lui l'horreur et la panique,
L'incendie et la mort au quartier des chrétiens :
Dont beaucoup ont perdu leur famille et leurs biens

Lazaristes pieux, sœurs de la providence
Ont subi les fureurs du cruel meurtrier
Aux pieds du maître autel, ils étaient à prier
La torture et la mort ont été leur sentence.

Pourquoi l'assassinat sur tous ces gens de bien.
Les prêtres et les sœurs leur très saint ministère
Répand de grands bienfaits sur cette pauvre terre
Pour eux tout est au ciel, dans le monde ils n'ont rien
Prier, moraliser, c'est leur plus grande affaire
Et malgré leurs bons soins le monde est à refaire.

On savait à Damas, des sœurs le dévouement
Pour tous les malheureux, pour la veuve et l'enfant
Leur amour pour le pauvre était leur garantie
Du respect qu'on leur doit chacune était partie.

Faut-il énumérer des détails non perdus !
Pour les pauvres toujours, tous leurs soins assidus
Ces servantes du Christ ont subi le martyre
Et sur leur bonne mort on ne saurait médire,
Bienveillance et bonté : tout pour la charité.
Du monde l'abandon, en dieu la vérité.
Toutes ces qualités, célestes infinies,
Dans l'âme de nos sœurs, je les vois réunies.

. . . .

C'est le vrai dévouement pour l'œuvre humanitaire
Et le respect pour Dieu, suit les sœurs sur la terre.

Il est un noble cœur : celui d'Abd-el-Kader.—
Saluons le héros dans l'enfant du désert.—
Apprenant que des Francs, le péril est extrême,
Il veut les secourir, et les sauver quand même,
Il prend ses Algériens, fidèles serviteurs
Et s'élance avec eux du coté des clameurs,
D'un tas de malheureux qui n'ont plus sur la terre
Que des gémissements les pleurs et la misère.
L'Emir Abd-el-Kader est un type connu
Dans la foule mêlé, il n'est pas inconnu
Son air majestueux, son maintien et sa taille
Annoncent un héros sur le champ de bataille.
Se révolte son cœur ; quand il voit sous ses yeux
Le fer rougi du meurtre et des drames affreux
Son regard seul suffit, il perce dans le nombre
Des meurtriers présents ; ils s'échappent dans l'ombre

Laissant Abd-el-Kader seul avec les chrétiens
Qui ne sont pas pour lui des giaours, des chiens.
Mais des êtres doués de sentiments semblables
Aux bons, vrais Musulmans, que Dieu rend charitables.
Du geste et de la voix il fait un signe aux siens
Il leur dit : « suivez-moi, sauvons tous ces chrétiens ;
Car Français d'origine ou Français de naissance
A leur grand Empereur, je dois reconnaissance.
Je n'ai pas oublié sa générosité,
J'ai trouvé dans Amboise égards et liberté.
Sauvez-les, je le veux, de mon palais l'enceinte
Devra les préserver des Druzes, de la crainte.
Avec vous, Algériens, sous ma protection
J'empêche du malheur, du sang l'effusion,
Contre le Musulman je défendrai leur vie,
L'assassin quel qu'il soit n'a jamais de patrie.
Des couleurs de la France arborant le drapeau,
Au peuple de Damas qui voulait le massacre
D'après le grand complot tramé dans St-Jean d'Acre.
Il fournit un exemple aussi rare que beau.

Assis sur son divan, broché d'or et de soie,
Le Pacha gouverneur qu'entoure son conseil,
Lui porte l'accident qui trouble son sommeil.
Esprit fin et subtil, son cœur trouve la voie,
Pour couvrir, amoindrir tout ce drame sanglant
Que permet un Pacha, gouverneur musulman,
Politique embrouilleur ; caractère impossible.
Il sait tout, ne sait rien, pour lui tout est possible.

Le Hat-oumaïoum, firman d'égalité.
Nous montre d'un grand cœur la magnanimité ;
Pour les peuples nombreux, soumis au vaste empire
A leur joie et bonheur toujours son âme aspire,
Il veut dans ses états, des peuples tous unis,
Des cultes le respect, tous les méchants punis,
Protectrice la loi pour les diverses races,
Que des haines partout disparaissent les traces,
Tous les sujets soumis à la loi du sultan,
Trouveront dans son cœur un protecteur puissant.
Tel est de ce firman, l'esprit et la sagesse,
A le voir appliquer le monde s'intéresse
Possesseur du Firman, Kurchid n'en fera rien,
Il veut pour les chrétiens le mal et non le bien,
Déja portent sur lui les regards de l'Europe,
Le Liban ravagé offre un second Canope,
Qui florissait jadis, ce n'est plus qu'un désert
Où se plaît le reptile, ainsi que la gazelle
Entre Druzes, Chrétiens, c'est la haine éternelle
Et du meurtre, toujours, le déchirant concert.
Les ruses de Kurchid serviront d'enveloppe
Aux noirs assassinats que condamne l'Europe.

IV.

Sur un point élevé de l'antique Liban
Et non loin des cèdres, Eden, lieu ravissant
Se déroule à mes yeux, me montre ses merveilles
Partout ce sont des fleurs, des fruits et sous les treilles
Ce raisin renommé qui donne le vin d'or :
Délicieux, je crois le savourer encor.
Les habitants d'Eden et ceux de l'hermitage.
Cultivent ce nectar qui prolonge leur âge
Son parfum, sa couleur ont bien du meilleur vin
Ce qui nous plaît d'abord et ce qui met en train.
Une eau pure, limpide, a dans le roc sa source
Ici le voyageur se remet de sa course.
Car l'ombre est un bienfait en Orient surtout
Où l'on recherche l'air et les zéphirs partout
Parfois plus bas que nous reposent les nuages.
Le Liban jusqu'à nous forme plusieurs étages,
Au loin la vaste mer se perd dans l'infini.
Car l'infini, c'est tout où tout est bien fini,

Bénir la grandeur, l'ensemble de l'ouvrage,
Et méconnaître enfin dans tout ce que je vois
La main du Dieu puissant, de vivre je lui dois,
C'est au Dieu créateur, faire un très grand outrage.
Eden est le chef-lieu de ce district fameux
De tous ceux du Liban le plus riche et heureux
C'est ici le berceau du fils cher à Boutros,
De l'illustre Karam, des chrétiens le héros.
Assis auprès de lui dans son humble demeure,
Nous parlons des malheurs qu'il déplore, qu'il pleure
La patrie avant tout, me disait-il un jour.
Au pays notre cœur ainsi que notre amour.
Très simple est son logis, une cour le précède,
Où brillent de Karam les armes qu'il possède
On y trouve un salon pour tous les visiteurs
Introduits, annoncés par de vieux serviteurs,
Un divan tout autour, vous offre un bien doux siége;
Et contre la chaleur la brise vous protége.
On apporte aussitôt le narghilet d'argent,
Le chibouk, le café, des parfums d'Isphan.
Dans la cour, un jet d'eau rafraîchit l'atmosphère
Demeure paternelle à Karam, toujours chère
Ce n'est point un palais de marbre travaillé
Qui sortit de Paros, dans ses flancs fut taillé ;
C'est l'heureuse demeure où la rose embaumée
Nous montre avec orgueil sa couleur bien aimée,
Où le lière partout tapisse murs et toits ;
Il forme des arceaux où l'on entend la voix
De Karam le héros qui, dans ce lieu paisible.
Se repose un instant de la lutte terrible

Sur les bords toujours verts de ce fleuve sacré,
Où toujours le chrétien fut pillé, massacré ;
Où son corps tout sanglant a roulé dans le fleuve
Ne laissant que des pleurs à la sœur, à la veuve,
Dès longtemps, dit Karam, je pleure les malheurs
De mes pauvres chrétiens, paisibles laboureurs
Dans nos vallons nombreux, où le chaume et le lière
Unis aux verts cactus, recouvrent la chaumière
Que réjouit parfois la rive d'un ruisseau
Mêlant l'azur du ciel au cristal de son eau.
Sur les sommets voisins, des chênes séculaires
Nous cachent dans les rocs des abris tutélaires
Labyrinthes profonds, où les premiers chrétiens
Fuyaient le sacrifice aux faux dieux des païens.
Aujourd'hui le chacal, le tigre, le reptile
Dans ces antres fameux ont leur séjour tranquille.
Le peuple du Liban, de tout temps fut uni
Et, l'accord entre nous n'a rien qui désunit,
Préférant l'union aux discordes civiles,
Nous gardons nos troupeaux et nos champs et nos villes.
La discorde toujours déchire l'unité,
Détruit la liberté, blesse l'humanité.
Pourtant divers esprits croient voir dans le désordre
Un moyen tout nouveau de mettre partout l'ordre
Reniant le passé, ayant libres pensers.
Ils voudraient tout changer dans le vaste univers,
Sans se préoccuper, qu'un peuple ait son histoire
Indiquant de leurs rois la grandeur et la gloire ;
Ceux-là seront frappés, punis dans leur orgueil,
Du palais de leurs rois, disparaîtra le seuil.

Oui, l'état de plusieurs grands pays de l'Europe
Se couvre par moments d'une noire enveloppe,
Cet état je compare, à celui d'un volcan
Que l'on croyait éteint ; mais arrive l'instant
Des paniques frayeurs : s'entrouve le cratère
Du monstre souterrain annonçant sa colère.
De partout la terreur chasse les habitants ;
C'est le jour des malheurs, des terribles instants
Où la famille en pleurs, fuit la mort qui moissonne
Les siens et ses amis ne respectant personne.
Vous vantez le grand mot civilisation,
Dites : ambition et révolution.
Si l'un veut envahir, l'autre change la face,
Des choses dont le temps a consacré la place.
Les peuples d'Occident, sont vifs et inconstants.
Pleins d'esprit, courageux, terribles par moments.
Chez nous règnent la paix, l'union, la concorde
Et la fraternité nous unit, nous accorde,
Nos champs et nos troupeaux ont notre attention
De les voir prospérer c'est notre ambition,
Chez nous point d'anémie ou graves maladies
Des montagnes l'air pur emplit nos métairies,
La jeunesse partout nous montre ses couleurs
Tranquillité d'esprit, naïveté de mœurs,
Donnent des hommes forts pour travailler la terre
Qui, pour vivre, produit toujours le nécessaire ;
Les richesses et l'or feraient notre malheur
Peu d'argent, il en faut, suffit au vrai bonheur.
Notre peuple est doué d'un naturel paisible ;
Mais pourtant à l'outrage, il n'est point insensible !

Le Druze, le premier, n'est jamais attaqué, —
Mais le Syrien, toujours, lorsqu'il se voit traqué,
Cerné de toutes parts, dans son propre domaine ;
Qu'il ne peut se soustraire à sa vue, à sa haine, —
Contraint par l'ennemi, peut-il pour son honneur,
Lui céder sa chaumière ou sa femme ou sa sœur ?
Il doit donc et s'armer et défendre sa vie,
Protéger tous ses biens que le barbare envie ;
Mais le Druze certain d'être battu partout,
Ne pouvant contenir sa rage, son courroux,
Invite à son secours les soldats de la Porte
Et fort de leur appui vers Nars-El-Kelb se porte.
Dans son camp retranché se montre menaçant ;
Il chante la victoire, il marche triomphant.
Il a semé la mort dans nos champs et nos villes.
Egorgé nos fellahs paisibles et tranquilles
Qui furent désarmés sur promesse de paix,
D'union, qu'on devait respecter désormais,
En apprenant ici cette conduite atroce
D'un Pacha gouverneur, fanatique et féroce,
Dévouant à la mort un peuple tout entier,
Qui jure en sa fureur de le sacrifier
Qui menace Beyrouth de ruine complète,
Après Deir-El-Kamar sa barbare conquête.
Qui provoque le Druze à nous prendre Zahlé ;
Alors mon cœur Chrétien, pour mon peuple zélé,
Indigné, furieux du sort qui nous menace,
A juré de venger les enfants de ma race.
Je sentis dans mon sein l'ardeur du sang français
Transmis par les Croisés, fameux par leurs succès,

Terreur des fils d'Osman au jour de la victoire,
Nos pas foulent ici les débris de leur gloire,
Alors dans nos cités le culte florissant,
Sous ces fiers chevaliers remplaçait le Croissant.
De ces rois pèlerins la touchante mémoire
Chez nous en traits de feu a buriné l'histoire
Et laissé dans nos cœurs ce souffle belliqueux
Qui brûle de venger nos frères malheureux.
La lice de l'honneur pour nous n'est point fermée;
Nous mourrons au combat ou bien la renommée
A nos frères chrétiens sur la terre des Francs
Dira que les Syriens ont vaincu leurs tyrans;
Que bravant leur courroux notre main triomphante
A noyé dans leur sang leur fureur expirante;
Et l'espoir dans le cœur, je pliai le genoux,
Je priai le Seigneur d'apaiser son courroux
Sur ce peuple Chrétien qui laboure sa terre;
De bénir dans mes mains ce glaive glorieux
D'un vieillard vénéré, du scheik Boutros, mon père,
Son chemin fût l'honneur, son âme est dans les cieux;
Et soudain dans mon cœur je sens, et je devine
Que le Dieu des Mortels, dans sa bonté divine,
Exaucera mes vœux : j'appelle mes guerriers
Ami, leur ai-je dit, là-bas sont nos lauriers.

Allons, frères, partons, bravons le cimeterre
De féroces tyrans, et, l'espoir dans le cœur
Défendons notre Dieu, il nous sera prospère
Et marchons au combat en l'acclamant en chœur.

La famine déjà vient crier sous le chaume
Où la femme allaitant son enfant orphelin,
Ne peut rien demander à notre bras qui chôme ;
Elle meurt de douleur, car son enfant a faim.

Gagnons le Kesroan que menacent les flammes,
Les héros de Zahlé attendent aujourd'hui ;
Le Druze et l'Osmanlis nous enlèvent nos femmes
Nous saurons nous venger ; soyons-là vers minuit.

Délivrons le Liban d'un ennemi féroce,
Qu'au fond du Nasr-el-Kelb il roule épouvanté ;
Aux pauvres égorgés, oh ! creusons une fosse,
Arrachons aux chacals tout corps ensanglanté.

Nous sommes peu nombreux, mais nos bras sont robustes,
L'ange qui nous précède est notre bouclier,
Notre Dieu qui nous voit frappera les injustes
Pour sauver ses enfants qu'il ne peut oublier.

Guerre, mort aux tyrans ; la France nous protége ;
Car son grand Empereur tourne ses yeux vers nous.
Il ne souffrira pas, comment en douterais-je,
Qu'un peuple tout français expire sous leurs coups.

Je le vois sur son trône ordonnant qu'on apprête
Les bataillons nombreux dont le Turc aura peur,
L'écho répète au loin les sons de la trompette
Du grenadier français, des peuples la terreur.

Que Dieu, par notre épée, accorde à la patrie
Le repos, le bonheur, que cherche la Syrie!

Ainsi parla Karam, noble fils du Liban,
Dont le cœur est rempli de vertus chrétiennes,
De son pays toujours, libérateur ardent,
Il voudrait soulager le poids lourd de ses chaînes.

Il possède des Francs l'amour-propre et l'orgueil,
Il monte son coursier, léger comme un chevreuil,
Cheval pur sang du Nedgh, il bondit dans la plaine,
Près du camp Osmanlis où son ardeur l'entraîne,
Où s'ouvre pour Karam, l'arène des combats,
Il veut vaincre ou mourir, il ne se rendra pas.

Soudain à l'horizon un point noir qui s'avance
Fait naître dans les cœurs la joie et l'espérance;
C'est le drapeau français qui montre ses couleurs,
Le peuple du Liban ne sent plus ses douleurs
Depuis que ce drapeau de la France puissante
Chez le Druze et le Turc a porté l'épouvante.

Mes vœux pour le Liban et ceux des vrais Chrétiens
Sont de le voir jouir de son indépendance,
Qu'on l'arrache aux fureurs des Pachas de Byzance,
Qu'on respecte ses droits, qu'on lui rende ses biens,

Le golfe de Beyrouth forme un cercle profond
Où tombent du Lycus les eaux troubles, rougies,
L'orage et la tempête ont ici leurs furies
Et l'on voit dans la mer, débris nombreux au fond.
Mais un vent favorable écarta les nuages
Qui menaçaient encor de troubler ces parages,
Un soleil radieux (le père des moissons),
Nous envoie à son tour des flots d'or, ses rayons.
Le calme a succédé aux tourmentes terribles
Qui faisaient de nos ports des abris impossibles.
Sur deux rangs alignés, tous les vaisseaux français
S'avancent lentement, en ligne de bataille,
Les canons aux sabords, sont chargés de mitraille ;
Dans les ports de Beyrouth la flotte a son accès,
Les flots sont apaisés, la mer est bien tranquille,
Des vaisseaux pavoisés le calme est immobile.
Ils portent dans leurs flancs nos guerriers de Crimée,
Les vainqueurs d'Inkermann, l'honneur de notre armée ;
Les Druzes, dans leur camp, sont cernés à l'instant ;
La main du protecteur fait [illegible] [illegible]

II.

Honneur, gloire à Karam, la France chrétienne
L'acclame, le héros d'un peuple malheureux,
De Tarse à L'Egyptus, limite Egyptienne,
On connaît les exploits de l'Emir valeureux.
Vers lui hâtons nos pas, car au-delà du fleuve,
Du meurtre, des combats nous trouverons la preuve,
Sa tente j'aperçois, et ses guerriers armés
Amènent dans leur camp leurs frères désarmés.
Le souffle de la mort règne dans les campagnes,
L'habitant consterné a fui dans les montagnes.
Je me trouve au milieu des Chrétiens rassemblés,
A côte de Karam, de ses chefs assemblés,
Un général habile a toujours des ressources,
Dans l'amour du pays il en trouve les sources ;
Il devra du soldat surtout se faire aimer.
Du souffle belliqueux il pourra l'animer,

Plus fort est l'ennemi, que m'importe le nombre,
J'attaque dans la nuit alors que tout est sombre.
Dans les rangs consternés je porte la terreur,
Je me fraye un passage et j'ai vengé l'honneur.
Je rejoinds les soldats d'un partisan capable
D'arrêter avec moi l'ennemi redoutable,
Je harcèle et poursuis Druze et Turc nuit et jour,
On m'attaque, je fuis, puis j'attaque à mon tour.
Telle est, me dit Karam, ma tactique à outrance,
Mon espoir est en Dieu, dans l'aide de la France
Qui peut tout obtenir de Notre grand Seigneur.
Le père des peuples confiés à son cœur,
Mais soudain, l'ennemi se présente à l'attaque
Et fait retentir l'air de cris, vrais hurlements,
La terre en a tremblé dans tous nos campements,
Au centre de Karam, deux canons je remarque.
Aux rangs Druzes ils font des ravages sanglants;
Ils tiennent l'ennemi loin des retranchements,
Je vois Karam partout, sa valeur, son audace
Refoulent l'ennemi qu'il combat face à face.
De poussière et de sang ses vêtements couverts
En chargeant l'ennemi dont les rangs sont ouverts
Annoncent les efforts de la lance brisée
En vengeant les affronts dont son âme est blessée.
Sans peur et sans reproche il parcourt tous les rangs,
Monté sur un coursier que son courage enflamme.
Il expose ses jours pour sauver les mourants
Que le Druze cruel menaçait de sa lame,
Il poursuit l'ennemi dans les vallons nombreux,
Et détruit, par ce fait, ses projets ténébreux.

Au loin, les flots du sang qui couvre la campagne,
Annoncent les malheurs qui frappent la montagne
Où le fer assassin que guide le tyran .
Atteste le complot, les projets du divan.
Qui pour mieux dominer le Syrien et le Druze ,
Protége le massacre à l'ombre de sa ruse.

Maintenant où sont-ils les héros de Zahlé?
Ils ont dû soutenir trois assauts redoutables.
De nombreux ennemis, sur le roc, dans les sables,
Ont trouvé leur destin où leur corps a roulé.

Et Karam accouru pour aider la défense,
N'a trouvé que débris, des membres dispersés ;
Dans le temple sacré, les autels renversés
Que n'ont pu protéger les couleurs de la France.

Les hommes dissipés et les femmes en pleurs,
Vont chercher un abri dans la grotte sauvage ;
Et là, bientôt la faim, les frimats et l'orage,
Viendront joindre leurs maux à de grandes douleurs.

Dans ces jours de malheurs, sur la fosse entr'ouverte,
Où vont avec les morts, les pleurs de leurs parents,
On n'entend que des cris, des sanglots déchirants ,
Pour nos martyrs toujours, cette fosse est ouverte.

Tels sont les grands malheurs dont gémit le Liban,
Il réclame du ciel un aide tout-puissant.

Pourtant vers l'Occident, le grand peuple de France.
Protecteurs des faibles, des chétiens l'espérance,
A frémi de douleur au récit de vos maux,
Syriens ! et dans vos ports déjà sont ses vaisseaux.
Les Français alignés sur vos plages dorées,
Protégent vos enfants, vos femmes éplorées,
Ces guerriers d'Occident sont les fils de Raymond
Autrefois possesseur de ce vallon champêtre.
Il bâtit le château que je vois sur ce mont,
Pour résister aux Turcs sans jamais se soumettre
Parmi leurs fiers aïeux, on compte encor Baudouin
Qui purgea les lieux saints du Kurde, du Bédouin ;
Les chassa de Sidon, s'empara de Bérite ;
Le poëte a chanté ses exploits, son mérite,
Autrefois parmi vous nos guerriers délaissés,
Vous ont transmis leur sang et vous ont fait Français.
Cessez donc de gémir, l'heure de la vengeance
A sonné désormais : c'est l'œuvre de la France !

V.

La joie et l'allégresse ont conquis tous les cœurs :
Au loin dans la montagne on entend les clameurs
D'un peuple tout entier qui chante les louanges
De l'Emir valeureux, Joussef-Bey-Karam.
Il le voit dans le ciel en tête des Phalanges
Protégeant désormais le royaume d'Hiram.
Oui de Jérusalem, que la coupole sainte,
Serve de ralliement aux peuples d'Occident,
Que la cité de Saül, dans son antique enceinte
Elise un souverain chrétien en Orient,
Et les peuples divers, de la vaste Syrie
Les plaines de Balbeck, de la Célésyrie
De l'Euphrate à l'Egypte et de Tyr aux déserts,
Ne verront plus qu'un peuple et des champs toujours verts

Le nomade pasteur là, fixant sa chaumière,
Y deviendra l'auteur d'une race plus fière
Le souverain chrétien du royaume nouveau,
Dans ses vastes états, portera le flambeau
Des sciences des arts qui verront apparaître,
Chez des peuples frappés, le bonheur, le bien être,
Du rivage aux sommets de l'antique Mehmel,
Les chants se mêleront aux parfums du Carmel.
Le Liban, libre enfin, renaîtra dans l'histoire
Et des cèdres l'encens brûlera pour sa gloire.

NOTES

DE L'AUTEUR.

Page 15, vers 2me. — D'où l'on voit *Kadischa* (c'est la Rivière-Sainte).

Kadischa est un mot Syriaque qui veut dire Sainte.

Nart-el-Kadisch, Rivière Sainte.

Page 15, vers 3me.

> Jadis les pèlerins veillaient dans le château.
> Qui protégeait Trabos, ses tours et son enceinte.

Ce château est situé sur la montagne dite des pèlerins d'où il domine la ville actuelle de Tripoli ; il fût bâti par Raymond, comte de Toulouse qui y mourut vers l'année 1103.

Page 15, vers 4me. — Trablos.

Trablos ou *Tarabolos* (Tripoli de Syrie) fût jusqu'en 1837, chef-lieu d'un Pachalik de ce nom. Le Pacha tient aujourd'hui sa résidence à Beyrouth. Comme l'indique son nom antique, Tripoli se composait de trois cités fondées chacune par des Colonies de Tyr, de Sidon et d'Aradus, La première, située vers l'Orient, s'élevait sur une colline où gisent encore quelques débris ; la deuxième dans le lieu qu'occupe la ville actuelle et la troisième au bord de la mer, près de la marine.

Tripoli formait une des quatre grandes souverainetés indépendantes établies à la suite de la première Croisade. — Cet état fût réuni à la principauté d'Antioche en 1200.

Page 16, vers 30me.

Des ordres sont donnés d'accord avec le Druze,

Au sujet des Druzes, consulter l'excellent ouvrage intitulé : *Nation Druze*, par M. Henry Guys, ancien Consul de France en Syrie,

On pourra lire aussi avec fruit l'ouvrage traduit de l'Arabe par le même auteur, intitulé : *Théogonie des Druzes*.

Page 18, vers 11me.

Ils vont dans les districts, leur menace est la mort.

District : Division administrative du Liban. Il y a districts chrétiens, districts mixtes habités par des Chrétiens et des Musulmans et districts avec habitants Musulmans et Druzes.

Page 37, vers 20me.

Ces guerriers d'Occident sont les fils de Raymond.

Raymond, comte de Toulouse, père de Bertrand qui fût le Ier Comte de Tripoli de Syrie.

Page 37, vers 2me.

Cessez donc de gémir, l'heure de la vengeance
A sonné désormais : c'est l'œuvre de la France !

On connait le résultat de l'expédition française, résultat pour lequel M. Eugène Poujade avait fait en 1844-45 les plus grands efforts, ainsi que cet illustre diplomate l'a raconté dans son beau livre, *le Liban et la Syrie*.

Page 36, vers 12me.

Les plaines de Barbek de la Célésyrie.

La Célésyrie est une vallée profonde, très fertile, située entre le Liban et l'anti-Liban ; elle relève du Pachalik de Damas qui en est la capitale.

ACHEVÉ D'IMPRIMER LE 1er OCTOBRE 1875

POUR PARAITRE PROCHAINEMENT

DU MÊME AUTEUR

POESIES DIVERSES

Ouvrage in-8°, impression de luxe.

www.ingramcontent.com/pod-product-compliance
Ingram Content Group UK Ltd.
Pitfield, Milton Keynes, MK11 3LW, UK
UKHW021123230726
13926UKWH00002B/614